코끼리 조련사와의 하룻밤

어른들을 위한 이상하고 부조리한 동화

코끼리 조련사와의 하룻밤

김도언 글 | 하재욱 그림

문학세계사

어른들을 위한
이상하고 부조리한 동화

CONTENTS

1

어른들을 위한
이상하고 부조리한 동화

사색하는 물푸레나무

나는 물푸레나무로 태어났습니다.
내 의지와는 아무 상관없이 말이에요.

이 세상의 모든 나무는 아무 죄가 없지만
모두가 양지 바른 곳에서 사랑을 받고 자라지는 않습니다.
저는 그걸 알고 있어요.

사람들의 눈길과 사랑을 받으며 무럭무럭 자라는 나무도 있지만,
구석진 산비탈에서 무관심이나 오해를 받고 자라는 나무도
있다는 것을요.

불행하게도 내가 뿌리를 내린 곳은 골짜기 깊은 곳,
햇볕이 들지 않는 응달이었습니다. 춥고 외로운 곳이었지요.
저는 한발자국도 움직일 수 없었습니다.
나무의 운명이라는 게 그렇지요. 그늘진 곳에서
햇빛을 충분히 받지 못한 나는 굽고 가늘고 더디게 자랐습니다.

가만 보면 능선을 타고 해가 바른 곳에 뿌리를 내린 다른 나무들은
곧고 정갈하게 잘 자라고 있었습니다.
나는 그들이 부러웠고 내 처지가 서러웠지요.
사람들이 그렇듯이 나무도 다른 나무를 질투한답니다.

어느 날 나는 가만 이런 상상을 해보았습니다. 충분한 관심과 사랑을
받고 자란 나무는 철학자의 책상이 되거나 가객의 대금이 되는 데
쓰일 것 같은데, 무관심이나 오해를 받고 자란 나 같은 나무는
삽이나 곡괭이 자루 같은 것이 될 것 같다고 말입니다.

아마도 테이블이나 대금이 된 나무는
거기에서 인간의 서사와 예술에 명예롭게 참여하게 되겠지요.

그러니까 테이블의 몸을 갖게 된 나무는
철학자의 사색을 더욱 그윽하게 만들어주고,
대금이 된 나무는 가객의 타고난 리듬을 소리로 재현하겠지요.
몸 사이로 향기로운 음악을 통과시키겠지요.

하지만 이 때문에 삽이나 곡괭이 자루가 된 나무의 처지는
조금 더 쓸쓸해질 것입니다.

만약 내가 정말 삽자루가 된다면 나에겐 어떤 삶이 놓여 있을까요.
나는 여기에서 다시 상상해보았습니다.
차가운 바람, 아직 녹지 않고 쌓여 있는 눈이
내게 서릿발 같은 상상력을 안겨줍니다.

삽자루의 몸을 갖게 된 나무가 할 수 있는 일은 삽날을 잘 받치고 지탱하여
앞으로 사랑을 받으며 무럭무럭 자랄 한 그루의 나무를, 무관심이나 오해를
받지 않을 튼실한 묘목을 심을 땅을 파는 일이 아니겠느냐고요.

그것이 아무리 외롭고 힘겨운 일일지라도 삽자루에 갇힌 나무는
그 적막하고 아찔한 소여 앞에서 자신의 불행을
기필코 긍정해야만 한다고요.

삽자루가 될 자신의 운명을 슬퍼하는 사이
그 운명은 더욱 비탄에 빠지게 됩니다.

자신을 긍정하고 사랑해야 하는 건,
타인이 침해할 수 없는 나 자신의 가장 큰 의무입니다.
그것이 곧 나무의 마지막 자존심이지요.

2

어른들을 위한
이상하고 부조리한 동화

친구의 죽음이 알려준 것

평화로워서 권태롭게 느껴지기까지 했던 어느 날

친한 친구가 덧없이 죽었습니다.

같은 마을에서 태어났고 같은 초등학교 중학교 고등학교를 다닌,
언제나 형처럼 관대하고 따뜻했던 친구가 죽었습니다.

소방관이었던 친구는 오피스텔 화재 현장에 출동했고,
2층에서 불길을 잡다가 건물이 붕괴하면서 이 생에서의 삶을 마쳤습니다.

나는 집에서 치킨을 시켜서 맥주를 마시고 있다가 뉴스를 보았고,
TV 화면 속 사망자 명단에서 친구의 이름과 사진을 볼 수 있었습니다.

친구는 언젠가 세탁기 속에서 죽은 네 살짜리 어린아이의 차디찬 주검을
제 손으로 끄집어낸 이야기를 들려주었습니다.
그러면서 입술을 부르르 떨었죠.

아이는 왜 세탁기 안에서 죽어 있었을까요?
아이가 말을 듣지 않는다고 친부가 아이를 세탁기에 넣고
밤새 술을 마셨답니다.
세상에는 이해하기 힘든 것, 말할 수 없는 것투성이입니다.

책이라곤 베스트셀러 대중소설밖에 안 읽는다는 친구는
인간과 생명에 대한 사랑이 고통과 슬픔을 넘어서게 하는 힘이라고
말했습니다.

친구는 아내와 초등학교 5학년, 2학년짜리 남매를 남겼습니다.

장례를 치르고 한 달쯤 지났을 때, 친구의 아내로부터 연락이 왔습니다.

우리는 오후 두 시의 카페에서 만났습니다.

친구의 아내는 여전히 깊은 슬픔에 잠겨 있었습니다.
친구가 얼마나 아내를 사랑했고 가족들에게 헌신했는지
한눈에 알 수 있었습니다.

'얼마나 힘드십니까?'라고 말하려는데

친구의 아내가 내게 전한 말은 좀 뜻밖이었습니다.

"그이가 그랬어요. 자기에게 무슨 일이 생기면 당신을 꼭 찾아가라고."
그러면서 그윽한 눈으로 저를 바라보았습니다.

늘 현장에서 목숨을 내놓고 일을 해야 했던 친구는
자신에게 불행한 일이 생길 경우를 대비해
많은 준비를 해놓았다고 했습니다.
그런데 아내에겐 나를 만나라고 했다는군요.

나 역시 10년 전 아내를 잃었습니다.
공교롭게도 아내는 어린이집 화재 현장에서
유독가스에 질식해 세상을 떠났지요.

그때 가장 많이 울어준 이도 그 친구입니다.

소방관이었던 남편을 잃어버린 한 여자가,
화재로 아내를 잃어버린 한 남자 앞에 있습니다.

무언가를 잃어버린 경험은 무언가를 가졌거나 얻었던 경험보다
언제나 많은 것을 가르칩니다. 친구 아내의 눈에 눈물이 고입니다.
제 눈에도 아마 똑같은 것이 고였을 겁니다.

슬픔에 젖어 있는 존재는 얼마나 연약하고 아름다운지.
마치 폭풍에 온몸이 흔들리는 가녀린 나무처럼요.
이렇게 아름다운 아내를 두고 마지막 눈을 감을 때
친구의 심장은 얼마나 고통스러웠을까요.

저는 눈물을 닦고 친구 아내에게 간신히, 겨우 말했습니다.
"담대하게 마음먹고 건강하게 잘 지내셔야 해요.
좋은 사람도 만나셔야 하고요."

친구 아내와 나는 가볍게 악수를 하고 헤어졌습니다.

'무언가 소중한 것을 잃어버린 사람에게
함부로 그것을 채워주려 해서는 안 돼.
왜냐하면 그것은 불가능한 일이니까.'
이것이 그날 내 머릿속을 맴돈 생각이었습니다.

3

어른들을 위한
이상하고 부조리한 동화

불결한 천국의 노래

이 성인동화의 직접적인 모티프가 된 것은 1990년대 초, 일본 사회를 발칵 뒤집어놓은, 실제로 일어난 살인사건이다. 누구나 동경하는 일본 공기업의 임원이었던 40대 독신여성이 매춘 행위를 하다가 상대 남성으로부터 살해를 당한 일이 그것. 그 일로, 사회적인 선망을 받던 부러울 것 없는 엘리트 여성이 반복적으로 매춘 행위를 해왔다는 사실이 드러났는데, 내게는 현대인의 무의식 속에 자리 잡은 화해 불가능한 욕망과 실존의 위기를 드러내는 상징적 모티프로 이 사건이 깊이 각인되어 있다.

나는 마흔둘의 여자이고 독신이고 명문대 법대를 나왔어요.
지금은 모든 사람이 선망하는 공기업의 임원으로 일하고 있지요.

회사 일은 니무나 재미가 없어서 그래서 해볼 만해요.
재미없는 일에 최선을 다하는 것만큼 훌륭한 연극은 없으니까.

나에겐 아무도 모르는 악취미가 하나 있어요.
금요일 밤 퇴근 후에 하는 일이죠.
금요일 밤에는 그 악취미를 실행하기 위해 다른 약속을 잡지 않아요.
젊은 애인도 그날은 만나지 않아요.

금요일 밤 퇴근을 하면 나는 화려한 화장을 하고
인터넷에 접속을 하고 얼굴을 노출해요.
그리고 내 몸을 살 남자를 물색하죠.

오늘 내 몸을 원하는 남자 손님은 모두 일곱 명,
그중에 나는 수산물 창고에서 일하고 있다는
중장비 기사에게 끌렸어요.

나는 그를 대범하게 집으로 안내하죠. 내 몸은 벌써 달아올라요.
"이번 상무님의 프로젝트는 정말 완벽한데요."
내 몸의 물기를 바짝 마르게 하는 부하직원들의 아첨이 아니라,

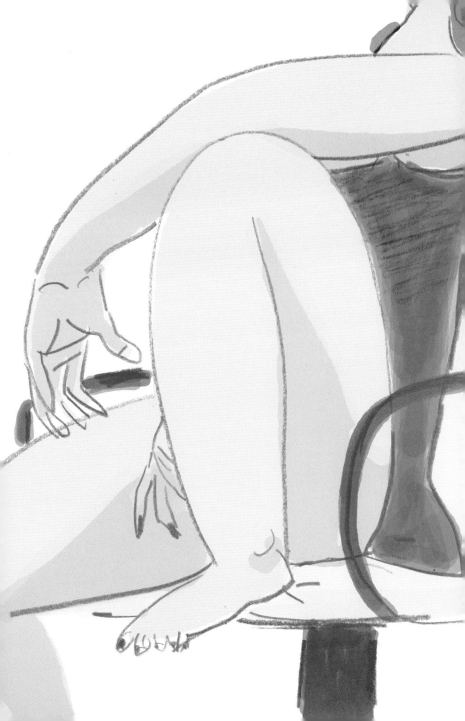

'네 맛나*처럼 달콤한 건 처음 봐.'
나는 이런 소리를 듣고 싶은 거예요.
내 머리칼을 함부로 낚아채는, 거친 손과 욕지거리.

* 여성의 성기를 비유하는 어휘로 이 작품에 한정해서 사용되고 있다.

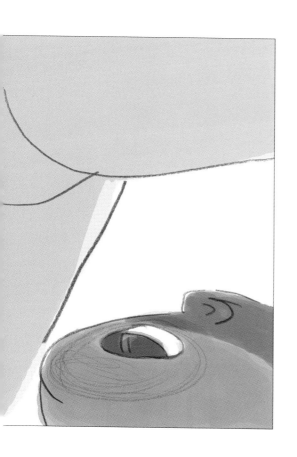

역시나 중장비 기사는 나를 거칠게 다루네요.
다른 여자에게선 한 번도 허락받지 못했을,
자신이 상상하는 가장 음란한 행위를 내 앞에선 왕처럼 실행하네요.
좋아, 나는 남자의 이런 비겁쯤은 눈감아주죠.

나는 그 순간 비루함을 경험합니다.
비루해지면서 위선으로 가득한 세계를 조롱해요.
고급 승용차와 높은 연봉에 취해 있는,
생명이 정지된 나의 세속을 가라앉히고,
나는 지상에서 바닥으로 황홀하게 몰락합니다.

남자는 나를 들었다 놓았다 해요. 엎드리라고 명령도 하고요.
이 남자는 내가 공기업의 상무라는 걸 알면 어떤 표정을 지을까요.

남자가 항문을 원하네요. 그래, 열어줄 수 있는 건 다 열어주겠어.
나의 몰락이 너와 나를 비참하게 할 수 있다면.
그 비참으로 정화될 수 있다면.

"네 맛나처럼 맛있는 건 처음 봐."
그가 입을 열어 말했을 때,
나는 진짜 삶과 가짜 삶을 마구 뒤섞어버린
당신들의 모든 점잖은 위선을 모욕할 수 있다는 생각이 들었어요.

모두가 바라고 원하는 삶을 다 가질 수는 없어요.

나의 악취미는 누구나 가질 수 없는 삶을 보기 좋게 해체하는 거예요.

내 몸에 물길을 열어주면서.

남자의 페니스가 항문에 박히고 깊이 들어오네요.
그러곤 다시 맞나 속으로 들어옵니다.
두 손으로 내 머리를 잡고 흔들어댑니다.

얼굴에 상처만 나지 않으면 상관없어요.
이 남자에겐 화대를 좀 더 받아도 상관없겠어요.

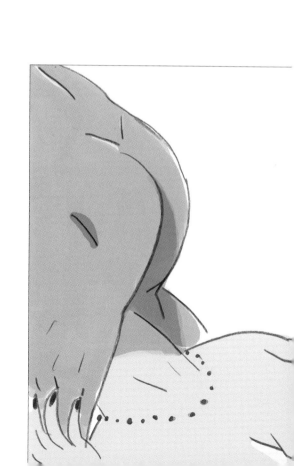

이 남자는 죽었다 깨나도 알 수 없겠지만
날 아무리 함부로 대해도 내 숭고함은 없어지지 않아요.

버릴 수 있다는 자유가 그것을 더욱
생생하게 살아 있게 하니까.

그가 드디어 내 입에 사정을 했어요.

향기로운 지옥, 불결한 천국이 눈앞에서 명멸합니다.

나는 마침내 이 남자를 비워서 껍데기로 만들었습니다.

4

어른들을 위한
이상하고 부조리한 동화

구두에 대한 어떤 견해

죽기 직전까지 자신을 가장 닮은 막내아들과 불화했던 아버시는 어느 날,
장마철일수록 구두를 잘 닦아야 한다고 말했다.
어쩌면 그 기억은 내 상상에 불과한 것인지도 모른다.

말수기 적었던 아버지가
구두에 대해서 견해를 가지고 있다는 건 신기한 일이다.

나는 아버지가 남긴 구두를 신발장 속에서 찾아본 적이 있다.
나는 아버지의 구두 속에 들어갔던 아버지의 발을 상상하고 싶었다.
막내아들은 으레 그런 일을 하는 거라는 생각이 들었다.

아버지는 오래 전에 구두를 영원히 벗었다.
그는 구두를 영영 신을 수 없는 몸으로 땅에 묻혔다.
구두는 그를 따라가지 않았다.

스무 살이 되었을 때 나는 낡은 가죽 운동화를 팽개치고
아버지의 구두를 몇 번 빌려 신은 적이 있다.
어떤 때는 아버지의 허락도 받지 않고 몰래 신기도 했다.

나는 아버지의 구두를 신고 여자친구 앞에서 마구 뒤뚱거렸는데,
그것은 아버지의 심장이 뛰는 것이었을까.
지금 생각해보니, 정말 그랬던 것 같다는 생각이 드는데…….

아버지의 구두는 아버지가 신을 때 가장 의젓했다.
내 발에 신겨진 아버지의 구두는 목을 움츠린 두 마리 자라처럼 보였다.
나는 아버지의 구두를 신고 멀리 갈 수 없었다.

이비지는 서자였고 생모를 일찍 잃었다.

구두는 불안과 고독의 늪에 빠진 아버지의 발을 안전하게 감쌌을 것이다.

아버지가 구두를 신고 있지 않을 때, 아버지는 장롱과 다를 게 없었다.

그는 책을 읽거나 낮잠을 잤다.
그때 구두는 아무런 할 일이 없었다.

밖에서 사소한 죄를 저지르고 오랜만에 집에 돌아온 어느 날,
아버지의 구두가 현관 앞에 놓여 있기라도 하면
나는 그 앞에 하염없이 무릎을 꿇고 싶었다.

아버지의 구두는 지금쯤 수줍었던 주인을 잊었을 것이다.
나는 주인의 구두가 주인이 떠났을 때부터
늙기 시작한다는 걸 알았다.

아버지의 구두를 생각하는 동안 내 구두는 거리에 나가지 않았다.

구두는 아무 말 없이 검을 뿐인데,
주인 잃은 구두의 설움이 단단한 주름을 만든다.

굳어가는 구두의 주름은 아버지가 부리는 마술이 아닐까.
아버지는 지금쯤 살을 발라내고 하얀 뼈로 탄생했을 것이다.

구두는 사람 몸의 맨 끝인 발과
그 발의 방향과 설움을 감쌌던 것이어서
장마철일수록 잘 닦아야 한다고, 아버지는 말했다.

그러니까 그게 아버지가 구두에 대해 가지고 있던 견해였다.

5

어른들을 위한
이상하고 부조리한 동화

언제나 전야의 밤

2018년 한 지방 고등학교의 기간제 여교사가 남학생을 성적으로 추행한 사실이 드러나 형사처벌을 받은 것도 모자라 온라인상에서 신상정보가 추적되면서 국민적인 비난과 인민재판을 받은 적이 있다. 그러나 작가의 시선으로 볼 때 여교사는 죄가 없다. 그 욕망도 순도가 높은 것이어서 우리 사회가 지켜온 가부장적이고 남성 중심적인 가치 질서에 균열을 내는 반역으로서의 의미까지 지니는 것으로 해석되었다. 이 성인동화는 그런 작가의 해석을 기반으로 창작되었다.

한 사람도 빠짐없이 나를 욕하는군요.
손가락질을 넘어 돌팔매질이 시작됩니다.
하지만 나는 고갤 숙이지 않겠습니다.

당신들이 원하는 대로, 나는 내 죄를 인정하지도, 반성할 생각도 없습니다.
날 단죄하는 당신들의 그 자신만만한 눈동자가 너무나 경멸스러워
오히려 두 눈을 부릅뜨고 마주볼 거예요.
당신들이 법으로 나를 심판할 순 있겠지만,
나는 인간의 죄가 없으니까요.

네, 교사가 어떻게 그럴 수 있냐고요?
그것도 여교사가 자신이 가르치는 남학생한테?
나는 묻고 싶어요. 왜 안 되나요?
죽을 만큼 그 아일 사랑했는데 왜 안 되나요?

그 아일 처음 본 순간이 떠오릅니다.
맑고 눈부시고 총기가 가득한 아이.
내가 한 단락의 영문장을 읽어주면 그것을 바로 외우던 아이.
긴 다리로 깡충깡충 뛰던 아이.
생동하는 눈동자,
검고 숱 많은 머리칼,
이제 막 솜털처럼 솟던 까실까실한 수염들,
우윳빛 피부와 라일락 향.

그렇게 아름다운 아이를 사랑하면 왜 안 되나요?
아니, 그런 존재를 어떻게 사랑하지 않을 수 있나요?

분명하게 말하고 싶은 건 그 아이 역시 날 좋아했다는 거예요.
나는 남자들처럼 자신이 갖고 싶은 걸 위해 폭력 같은 걸 휘두르지 않아요.
협박하거나 회유하지도 않아요. 비겁한 건 언제나 남자들이죠.
나는 다만 사랑에 빠졌고 그 사랑을 전했을 뿐이에요.

"너를 좋아해. 그래서 너를 원해. 널 가지고 싶어. 내 마음을 알겠니."
내가 그 아이에게 전한 건 그뿐이에요.

그 아이도 나의 마음을 알았어요. 그리고 받아주었고요.
그래서 우리는 서로에게 다가갔던 거예요.
그리고 몸과 마음을 모조리 나누었죠.
차 안에서,
방과 후 음악실에서,
우리는 몸과 마음을 포갰어요.

그 아이의 몸은, 내가 안아본 남자의 몸과는 달랐어요.
시들지 않은, 풋풋하고 멈추지 않는 몸, 타락하지 않은 감각.
왜 남자들만 어린 여자를 좋아해야 하나요?
나는 그 아이의 몸을 처음으로 터뜨리는 여자가 되고 싶었어요.
그 아이의 성기에서 솟아나는 최초의 정액이
이 세계를 용서할 수 있다고 믿었죠.

네, 정신병자라고 해도 좋아요. 하지만 다시 묻고 싶어요. 왜 안 되나요?
내가 그 아이를 이토록 사랑했는데, 그 아이도 다 받아준 것인데,
왜 사랑의 기원을 묻지 않고 형사법의 지루한 구문만 가져다 대나요.

나이 많은 여교사가 어린 학생을 성적으로 유린했다는 것이 당신들
남자들의 시각이죠? 용납할 수 없겠죠? 하지만, 당신들이 음란하다고
말하는 이것이 바로 인간이 오랫동안 감춰둔 진실이기도 해요.
그런 비밀스럽고 독한 진실 하나쯤 안 가지고 있다면
당신은 비겁하거나 가난한 겁니다.

진실이 대형마트에서 똑같이 포장되어 팔리는 상품은 아니잖아요.
당신은 그런 삶을 원하나요?

순정함, 청신함, 최초의 감각. 나는 이것을 원했다는 이유로
이토록 돌을 맞고 있는데, 돈 많고 권력 있는 남자들이
늘 원하는 것이 바로 그런 것 아닌가요?
남자들은 그걸 돈과 권력으로 사들이지 않나요?

나는 그것을 다정함과 부드러움, 상냥함으로 구했어요.
그 아이 역시 내 품 안에서 얼마나 좋아했는데요.
내 입술에 키스하고, 내 젖가슴을 수줍은 듯이 물고,
내 허리에 입 맞추면서 그 아이는 말했어요.

"선생님, 고마워요. 사랑해요. 이것만이 내 세상이에요."

이것이 나의 진실인데, 왜 내게 돌을 던지나요.
당신들은 원하는 걸 찾아 나설 용기도 없으면서,
겁쟁이면서,
그토록 지루하고 뻔하면서.

지긋지긋한 수컷들,

특히 아버지와 오빠,

그리고 남자선배들,

여자를 가르치고 훈육하고 계몽해야 할 대상으로만 보는 족속들.

그들이 여자의 순정한 욕망, 사랑을 이해할 수 있을까요.

나는 소년을 사랑했어요. 그의 몸을 꼭 끌어안았어요.
그를 내 몸으로 받았어요. 그 최초의 감각에 몸을 담그고,
함께 깨끗한 정화수를 마시고, 언제나 달라지지 않는
전야의 밤을 맞이했어요.

나에게 죄가 있다면, 남자들만이 거래하듯 모의한 타락한 모험을
마음과 몸을 던져서 진실하게 실천해본 것뿐이에요.

소년이 자라 사랑할 나이가 되었을 때,
나이 많은 어른이 되었을 때
그때 내 진실은 입을 열어 말할 거예요.
소년은 절대 당신들처럼
타락한 수컷으로 자라지 않을 거예요.

6

어른들을 위한
이상하고 부조리한 동화

미자네 집

미자네 집 거실 바닥엔 북극곰의 가죽이 깔려 있었어요.

미자는 내가 과외로 영어를 기르쳤던 아이죠.
과거분사엔 서툴렀지만 R발음이 아주 괜찮았던 아이예요.

미자와 처음 섹스를 했던 날은 그 아이의 결혼식 전날이었어요.

왜 그런 일이 일어났는지는 아무도 모르고, 겨우 아는 사람만 알아요.
세상이 허락하지 않는 사랑이나 섹스가 삶을 어디로 끌고 가는지
섬세하게 상상할 수 있는 사람들은 아주 드물죠.

나는 결혼을 한 미자와 두 달에 한 번 정도 만나 섹스를 했어요.

어제도 미자네 집에 가서 미자의 열에 들뜬 몸을 안았죠.
옆에선 레이지 어게인스트 머신의 〈Killing In The Name〉이
쿵쾅쿵쾅 흘러나오고 있었어요.

미자와 나는 음악에 맞춰 헤드뱅잉을 하듯 리드미컬한 섹스를 했어요.
우리에겐 오직 결핍만이 부족했어요.

야구선수이 미자의 남편은 부산 사직구장에서 열린 원정경기에
7번 타자로 출장 중이었어요. 그는 세 번째 타석까지
안타를 치지 못하고 있었죠.

미자는 그날따라 비친 듯이 히리를 돌렸는데요. 멀미가 날 정도였지요.

나는 미자에게 목을 졸라 달라고 부탁했어요.
부탁이 아니라 명령이었는지도 몰라요.
미친놈, 이러면서 미자가 내 목을 두 손으로 감쌌죠.

순간, 껍질로만 남은 북극곰의 귀에 연어가 물결을 털며 올라오는
소리가 들렸어요. 눈에 힘을 주며 어깨에 쌓인 눈을 터는 곰.
내 눈은 빨개졌고요.

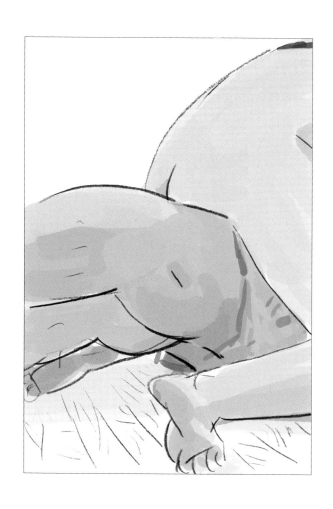

연어의 붉은 살점이 허공에 뿌려졌을 때 나는 절정에 다다랐고
미자의 배꼽 위에 사정을 했어요.

그리고 핸드폰이 울렸죠.

젠장, 어머니였어요.

두 번의 실연 끝에 정신이 이상해진 어머니는
집에서 기르는 고양이를 벽을 향해 던져버렸다고 말했죠.

우리는 곰의 말라비틀어진 비애 위에서 서러운 섹스를 했어요.

미자의 남편은 네 번째 타석에서 겨우 안타를 쳤죠.
그의 연봉은 좀처럼 오를 기미가 보이질 않아요.

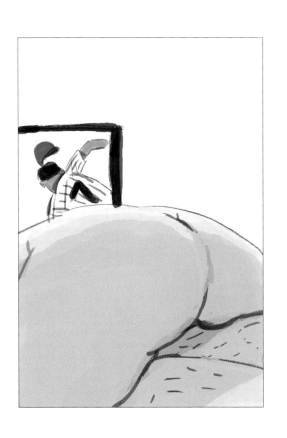

나는 미자에게 "모욕과 타락을 가르쳐줘서 고마워."라고
나조차 알 수 없는 말을 했어요.

미자의 남편은 이제
사랑하는 아내를 보러 집에 돌아올 수 있을 거예요.

7

어른들을 위한
이상하고 부조리한 동화

코끼리 조련사와의 하룻밤

이 작품의 소재가 된 것은 공단이 많이 들어선 지방도시에서 일어난 외국인 노동자에 의한 성폭력 살인사건이다. 거기에 상상력을 곁들여서 서사를 완성시켰는데, 여기에 외국인 노동자들을 비하하거나, 피해 당사자의 인권을 왜곡할 생각이 전혀 없었음을 밝히고 싶다.

정혜의 나이는 스무 살, 직업은 연극배우,
아빠의 새 여자와 열 살 차이가 날 뿐이다.

정혜는 고급 오피스텔에서 혼자 살았고, 주량은 소주 두 병이었다.
남자들이 좋아할 만한 것을 모두 갖추고 있었다.

정혜의 엄마는 아빠가 다른 여자를 사랑하게 된 것을 알고 나서
강물에 몸을 던졌다. 익사체는 부풀어 오른 채
떠오를 때가 되면 틀림없이 떠오른다.

정혜가 익사체가 된 엄마의 현실을 받아들이는 데 일주일이면 족했다.
그것 또한 연극 같은 것이라고 생각했다.

엄마가 죽은 뒤에 아빠는 여자들을 마음껏 사랑했다.
아빠의 새 여자도 곧 아빠를 떠날 것이다. 익사체가 되든 뭐가 되든.

사랑스럽도록 아름다운 정혜는 많은 남자들로부터 구애를 받았다.
사업가도 있었고, 연예인도 있었고, 운동선수도 있었다.

잘난 것들은 잘난 것들끼리. 정혜는 이런 짝짓기가 너무 우스웠다. 구토가 날 뻔했다.

정혜는 자신만의 연극을, 지독한 사실극을 연기하기로 했다.
그리고 최초의 독백을 했다.
"진실을 연기하면 구원받을지도 몰라."

타고난 관찰력이 있는 정혜는 공원 벤치에 앉아서
사람들을 바라보고 몽상하는 것을 좋아했다.

술을 마시면 사람들에 대한 상상력이 더욱 풍부해졌다.
'그런데 필요한 건 상상이 아니라 실천하는 거야.'

어느 새벽, 정혜는 자신을 졸졸 따라다니는 젊은 교수에게
이별을 선포하고 밤길을 걷고 있었다.

정혜의 눈에, 골목길 전신주 아래에서 오십쯤 되어 보이는,
꾸부정한 사내가 산더미처럼 쌓인 쓰레기봉투를
힘겹게 손수레에 싣고 있는 모습이 들어왔다.

그는 지쳐보였고, 쓸쓸해보였고, 무엇보다 슬퍼보였다.
정혜는, 그를 그냥 지나갈 수가 없었다.

정혜는 남자에게 다가가 말했다.
"제 방에서 따뜻한 커피 좀 드시고 가세요.
우유를 좋아하면 우유를 드릴게요."

남자는 어깨를 축 늘어뜨리고 죄지은 사람처럼 정혜를 따라 그녀의 오피스텔로 갔다.

정혜는 남자를 씻기고, 자신의 우윳빛처럼 하얗게 빛나는 육신을,
그 절대적인 진실을 남자에게 주었다. 따뜻하고 깊은 밤이
그들에게 주어졌다.

아침의 해가 뜰 무렵 남자는 미처 치우지 못한 쓰레기봉투가 쌓여 있는 골목으로 돌아갔다.

아빠는 정혜의 연극을 보러 오지 않았고,
매주 200만 원의 생활비를 입금시켰다.

며칠 뒤 정혜는 키스만 허락했던 남자가 운영하는 바에서
맥주를 마시고 있었다. 카페의 주인 남자는 꽤 유명한 화가이기도 했다.

바에 동남아시아에서 온 듯한 노동자 풍의 남자가 한 사람 들어왔다. 그가 맥주를 주문했을 때, 바의 사장은 돌연 그에게 나가달라고 말했다.

노동자 풍의 남자는 낙담한 채 바를 나갔고, 정혜가 그를 따라 나갔다.
정혜는 바 주인에게 이런 말을 남겼다.
"너는 네가 대단하다고 생각하지? 넌 그냥 개새끼야."

정혜는 남자를 따라잡아서 말을 건넸다.
예상대로 그는 '인도양의 진주'라고 불리는 나라에서 온
외국인 노동자였다.
나이는 서른이고 고향에 아내와 갓난아기가 있다고 했다.
고향에서의 직업은 코끼리 조련사였다고 했다.

정혜는 자기 방에 가서 술을 마시자고 말했다.
남자는 입술을 바르르 떨었고 곧 고개를 끄덕였다.
남자와 정혜는 오피스텔에 가서 술을 마셨다.

코끼리 조련사는 술이 취하자 나직하고 구슬프게
고향에서 부르던 코끼리 조련사의 노래를 불렀다.

"코끼리야, 코끼리야. 너 참 아름답구나. 그런데 사람은 왜 죽였니."

정혜는 외로운 남자에게 다시 하얀 몸을 내주었다.
몸을 합치고 난 뒤 코끼리 조련사는 정혜의 목을 졸랐다.
정혜는 죽어가면서도 울지 않았다.

지금이, 뻔하고 우스운 삶에서 달아나
가장 진실에 가까워진 순간임을 정혜는 알고 있었다.

우리는 성과 폭력 앞에서 얼마나 정직한가

　소설과 시를 쓰던 내가 처음으로 '어른을 위한 동화집'이라는 형식의 책을 펴낸다. 이런 장르가 새로운 것이라고 말할 수는 없을 것이다. 이미 수많은 국내외 작가들이 감수성과 상상력이 메마른 성인 독자들의 정서적 환기를 위해 동화 형식의 작품을 창작해 발표했고, 그중에는 고전의 반열에 오르거나 세계적인 베스트셀러가 된 것도 있다. 사실 우리에게 친근한 팀 버튼 감독의 일련의 영화와 마블 시리즈, 디즈니와 픽사 스튜디오에서 제작하는 애니메이션도 어떤 의미에서는 성인들의 퇴화된 상상력을 다시금 재활시키는 동화의 서사 기능을 충실히 따르고 있는 작품들이라고 할 수 있다.

　내가 창작한 성인 독자들을 위한 이 동화집이 비록 장르적으로 새롭다고 말할 수는 없겠으나 형식과 내용에 있어서는 전례가 없는 독창성을 가지고 있다고 자부할 수는 있다. 나는 진부함으로부터 언제나 멀리 달아나는 것이 작가의 유일한 즐거움이라고 생각한다. 나는 이 동화집에서 내가 작가로서 꾸준히 천착해온 주제인 현대인의 무의식에 깃든 욕망과 공포, 불안과 권태의 양상을 매우 극적인 시퀀스를 통해 심화시켜보고자 했다. 각 작품의 서사적 단락마다 마치 시나리오의 신Scene처럼 의미와 내용이 분절되어 있는 것은 그런 의도의 소산이라고 할 수 있다.

소설도 그렇지만 동화는 특히 작품을 읽고 느끼는 독자들의 머릿속에서 풍요롭게 재구성되는 운명을 지닌다. 이를 위해 나는 화자의 내레이션을 의도적으로 줄이고 묘사나 진술 역시 최대한 간결하게 하고자 했다. 이를 통해 동화적 서사에 독자들의 능동적인 참여와 간섭을 유도하고자 한 것이다.

내가 에필로그를 쓰는 이유는, 독자들을 위해 이 책에 대해 몇 가지 설명을 할 필요가 있다는 출판기획자의 말에 동의했기 때문이다. 생각해보니 그것은 작가 입장에서 가질 수 있는 방어적 권리라고 생각하는데, 동화집에 수록된 작품 중에는 다루고 있는 주제가 상당히 외설스럽고 표현 수위 역시 일반 기준에서 결코 낮다고는 할 수 없는 것이 포함되어 있기 때문이다. 말하자면 이 동화집은 불경하고 위험한 책이라는 혐의를 받을 공산이 크다. 그것이 반가울 리 없는 나로서는 어떤 식으로든 작품에 접속하는 독자들에게 창작자의 입장을 전달하는 것이 필요하다는 생각을 하게 됐다.

나는 이 동화집을 통해 기성 집단으로서 성인들이 고정관념처럼 가지고 있는 우리 사회의 성과 폭력에 대한 관심을 환기시키고자 했다. 성과 폭력은 인류가 출현한 이래로 가장 래디컬하면서도 구체적인 삶의 목록이었다고 해도 과언이 아니다. 제도화된 규범의 그늘 아래 숨죽이고 있지만 성에 대한 욕망과 폭력은 언제든 윤리적 통제라는 그물망을 뚫고 날카로운 투석으로 날아들어 개인의 존엄과 평화를 깨뜨릴 수 있다. 사정이 이런데도 대개의 사람들은 성과 폭력을 어설픈 도덕과 윤리로 봉인해둔 채 정확히 마주 보기를 꺼려한다. 오랫동안 가부장적 문화에서 유교적 근엄주의의 세례를 받아온 한국 사회는 더욱 그렇다.

작가로서 이 문제에 각별한 관심을 가져온 나는 "우리는 성과 폭력 앞에서 얼마나 정직한가."라는 질문을 던지고 싶었다. 나는 이 질문이 하나의 관념이나 추상의 영역으로 떨어지는 걸 막기 위해, 요컨대 사회적으로 이슈가 되었던 실제 사건들에서 모티프를 따온 작품들을 창작했다. 상상으로 빚어낸 허구가 아닌 실제로 일어났던 사건을 제재로 할 경우, 독자들이 서사를 체감할 수 있는 가능성이나 자기 자신을 투사할 수 있는 여지가 늘어나리라는 생각을 해본 것이다.

이를테면 명문대를 나와 낮에는 공기업의 임원으로 일하고 밤에는 매춘을 하다가 남성 고객에게 살해를 당한 40대의 일본인 여자를 화자로 내세운 작품 「불결한 천국의 노래」도 실제로 일어난 일에서 모티프를 취한 작품에 속한다. 내가 이 여자의 기사를 신문의 해외토픽에서 접한 것은 1990년대 초반쯤으로 기억되는데 그때의 충격은 이루 말할 수 없었다. 그런데 신기한 것은 그 여자의 심리와 욕망이 모조리 내게 너무나 잘 이해되었다는 것이다. 나는 아무도 눈여겨보지 않는 일본인 여자의 비극적 죽음을 오랫동안 깊이 애도하게 되었다. 후기자본주의 시대 물질적인 기호의 지배를 받는 현대인들의 무의식 저 밑바닥에는 일탈이라고 표현하기에는 부족한 자기

해방의 욕망이 깊이 드리워 있다는 것을 알게 된 것이다.

나는 누구나 부러워하는 공기업 임원이라는 세속적 지위를 과감히 지우고 밤에는 창녀의 영혼을 갖기로 한 그 여자의 정신의 모험을 깊이 들여다보고 싶었다. 거기엔 기성세대의 뻔한 위선을 자기조롱의 형식으로 풍자하는 정직한 자의 결기가 틀림없이 들어 있을 거라고 생각되었다. 나는 그 결기를 살리기 위해 가장 사실적이면서 원초적인 언어로 그녀의 삶을 형상화했다.

중학교의 기간제 여교사가 제자인 남학생과 성관계를 맺은 사실이 발각되어 여교사에게 뭇매가 쏟아졌던 사건 역시 내게 강렬한 미학적 모티프를 안겨주었다. 이 모티프를 품고 있는 작품은 「언제나 전야의 밤」인데, 나는 이 동화를 통해서도 역시 기성세대의 위선, 남성적 가부장제의 허위를 폭로하고 싶었다. 이런 의도는, 화자로 하여금 고개를 숙이지 않고 돌을 던지는 대중을 똑바로 쳐다보게 하는 부분에 상징적으로 집약되어 있다. 작품 속에서 여교사는 이렇게 외친다. "당신들이 원하는 대로, 나는 내 죄를 인정하지도, 반성할 생각도 없습니다. (중략) 당신들이 법으로 나를 심판할 순 있겠지만, 나는 인간의 죄가 없으니까요." 인간의 죄란 무엇일까. 법과 규범이 정해놓은 선이 있고 그 선을 넘는 것이 죄라면 그 자의성을 어느 누가 완벽하다고 자신할 수 있을까. 그럼에도 불구하고 우리 사회는 너무나도 쉽게 상대방을 단죄하고 처형시킨다.

나는 이처럼 개인의 인권과 자유를 쉽게 허물어뜨리는 사회의 위험한 기의를 이 작품을 통해 독자들에게 말하고 싶었다. 여교사가 "나에게 죄가 있다면, 남자들만이 거래하듯 모의한 타락한 모험을 마음과 몸을 던져서 진실하게 실천해본 것뿐이에요."라고 토해내듯 말하는 장면에서 나는 죄가 폭력을 이기면서 진실에 가닿는 가능성을 상상해보았다.

「코끼리 조련사와의 하룻밤」은 실제와 허구를 뒤섞어 만든 작품인데, 외국인 노동자에 의해 실제로 일어난 성폭력 살인 사건에 내 상상력을 덧씌워 서사를 완성했다. 내레이션을 맡은 화자는 이 동화집에서 드물게도 전지적 작가인데, '정혜'라는 매혹적인 스무 살의 여자에게 일어난 비극적인 일을 주관적 감정이나 도덕적 관념의 간섭을 받지 않고 최대한 하드보일드하게 진술하기 위해 전략적으로 선택된 것이다. 작품의 중심인물인 정혜는 아름다운 용모로 뭇 남성들의 욕망의 대상이 된다. 하지만 정혜는 사회적 소외 계층인 환경미화원과 바에서 쫓겨나는 외국인 노동자를 기꺼이 몸과 마음을 다해 받아들인다.

이성을 너무나 쉽게 성적 대상화하는 남자의 관점에 함몰된 것 아니냐는 비판이 있을 수 있지만, 나는 이런 구도를 통해 오히려 여성을 성적 대상화하는 남성의 진부한 욕망을 고발하고 싶었다. 정혜가 자신을 원하는 남자들의 요구를 물리치고 자신이 주체적으로 원하는 남자와 관계를 맺는다는 설정에 나의 이런 의도가 반영되어 있다. 또한 소외 계층의 남자를 받아들이는 부분에서 나는 신약 성경 속 막달레나 마리아의 이미지와 접속하기도 했다.

성적인 표현의 수위가 높은 또 한 편의 작품 「미자네 집」은 백 퍼센트 허구의 작품으로 윤리적으로 도저히 허락될 수 없는 성적 방종과 타락을 대리하는 한 인물을 내세워, 무너진 성윤리의 실상을 형상화하고 현대인의 무의식 속에 도사린 악의 정념을 정화해보고자 시도한 작품이다.

야구선수가 경기에 뛰고 있는데, 그의 아내가 한때 과외선생이었던 남자를 집에 불러들여 외도를 벌이고 있는 설정은 독자들에게 지나치게 위악적으로 읽힐 수도 있는데, 죄의 현장에 대한 선함의 부재증명이 선과 악의 구도를 극적으로 대비시키면서 독자들에게 보다 풍요로운 함의를 안겨줄 수 있기를 바랐기 때문이다. 나는 평소, 악은 선에 대해 열등감을 가질 수밖에 없다고 생각해왔는데, 그런 생각은 결말 부분, "내게 모욕과 타락을 가르쳐줘서 고마워."라는 남자의 독백에 스며 있다.

「구두에 대한 어떤 견해」는 이 동화집에서는 예외적으로 내 자전적 체험을 녹여낸 작품이다. 나는 창백하고 파리한 표정을 가진, 말수가 없는 아버지와 불화했는데, 그것은 그가 세상을 떠날 때까지도 개선되지 않았다. 그것이 나로서는 매우 서글프고 후회스러운 일이었다. 나는 외모로나 성정으로나 아들들 중 아버지를 제일 많이 닮았기에 그 회한은 더욱 깊고 무거웠다.

어느 날 고향집에 갔다가 신발장 안에서 아버지의 구두를 발견하게 되면서 나는 뒤늦게 아버지와의 화해를 모색하게 되었다. 구두를 신고 권속을 건사하기 위해 성실하게 자신의 직분을 소화했던 아버지는 사실 평생토록 자신의 설움 속에서 외롭게 살다 간 사람이었다. 아버지는 첩의 자식으로 태어났던 것인데, 본가 식구들의 박대 속에서 눈칫밥을 먹으며 유소년 시절을 겪은 것이다. 이 시절이 그에게 처절했던 것은 그의 생모, 그러니까 내겐 할머니가 되는 분이 일찍이 세상을 떠났기 때문이다. 어미 없는 어린 학생에게 이 삶과 세계는 도대체 무엇이었을까. 나는 그것을 곰곰이 생각해보곤 한다. 그러면서 아버지의 구두를 유심히 바라보게 되었다. 그러다 보니 내가 아버지의 구두를 신었던 날의 기억들도 따라오는 것이었다.

아버지의 구두를 신고 있으면 나는 아버지의 생애가 조금 더 이해되는 것 같은 착각이 들었다. 나는 아버지의 생을 이해하고 받아들여서 아버지에게 사랑합니다, 라고 말하고 싶었지만 끝내 그렇게 하지 못했다. 그는 기다려주지 않고 지금은 하늘나라에 올라가셨으니. 「구두에 대한 어떤 견해」는 수줍은 사부곡이자, 아버지와 불화하는 모든 아들들에게 보내는 연대의 인사라고도 할 수 있다.

나머지 두 편의 작품 「사색하는 물푸레나무」와 「친구의 죽음이 알려준 것」은 아이러니한 진술을 통해 잔잔한 서정이 가득한 서사를 만들어본 것이다. 앞의 작품은 오로지 존재하는 것으로 그 쓰임을 다하는 나무의 실제적 쓰임이 운명의 절대적 소여 앞에서 어떤 진실을 전할 수 있는지를 담은 작품이고, 「친구의 죽음이 알려준 것」은 화재로 각각 남편과 아내를 잃은 남자와 여자가 만나서 쓸쓸한 일상의 비애를, 그 어떤 판타지의 개입을 제거하면서 담담히 진술해본 작품이다. 독자들이 이 두 작품에서 시적인 에스프리를 느꼈다면 나로선 참으로 감사한 일이다.

이 글을 통해 꼭 부기하고 싶은 말이 있는데, 이 동화집에는 내가 친애해 마지 않는 일러스트레이터 하재욱 작가의 그림이 가미되었고 나는 이를 무한한 영광과 더할 나위 없는 행운으로 생각하고 있다. 나는 작품의 형식이나 내용을 고민하면서도 그 과정을 즐겁게 받아들일 수 있었는데, 그것은 전적으로 하재욱 작가의 일러스트에 대한 전폭적인 믿음이 있었기 때문에 가능한 일이었다.

하재욱 작가는 자신이 가지고 있는 특유의 문학적 파토스를 그림 속에 가장 정확히 그리고 극적으로 반영할 줄 아는 작가다. 그의 섬려하고 예리한 필치는 내 작품이 가지고 있는 불구적 비애감을 절정으로 끌어올려주는 효과를 발휘했다. 이를 통해 비로소 부조리한 황홀이라는 미장센이 완성될 수 있었음은 물론이다. 하재욱 작가의 문학적 통찰력과 남다른 문해력 덕분에 우리의 작업은 만족스러운 콜라보를 이루며 여기에까지 다다랐는데, 우리는 조금 더 나아갈 것이다.

2019년 늦가을 김도언

코끼리 조련사와의 하룻밤

초판 1쇄 발행일 2019년 10월 22일

지은이·김도언, 하재욱
펴낸이·김종해
펴낸곳·문학세계사
주소·서울시 마포구 신수로 59-1(04087)
전화·02-702-1800
팩스·02-702-0084
이메일·mail@msp21.co.kr
홈페이지·www.msp21.co.kr
페이스북·www.facebook.com/munsebooks
출판등록·제21-108호(1979. 5. 16)
ⓒ문학세계사, 2019

값 15,000원
ISBN 978-89-7075-926-5 03810

이 도서의 국립중앙도서관 출판예정도서목록(CIP)은 서지정보유통지원시스템 홈페이지
(http://seoji.nl.go.kr)와 국가자료공동목록시스템(http://www.nl.go.kr/kolisnet)에서
이용하실 수 있습니다. (CIP제어번호:CIP2019040040)